Toussaint-Bernard Éméric-David

Neptune

Antigonos

Toussaint-Bernard Éméric-David

Neptune

Réimpression inchangée de l'édition originale de 1839.

1ère édition 2024 | ISBN: 978-3-38605-715-8

Antigonos Verlag est une marque de Outlook Verlagsgesellschaft mbH.

Verlag (Éditeur): Outlook Verlag GmbH, Zeilweg 44, 60439 Frankfurt, Deutschland
Vertretungsberechtigt (Représentant autorisé): E. Roepke, Zeilweg 44, 60439 Frankfurt, Deutschland
Druck (Imprimerie): Libri Plureos GmbH, Friedensallee 273, 22763 Hamburg, Deutschland

NEPTUNE.

SE TROUVE A PARIS :

Chez M. Crozet, libraire de la Bibliothèque royale,
quai Malaquais, n° 15 ;

MM. Firmin Didot frères, rue Jacob, n° 56 ;

M. Jules Renouard, rue de Tournon, n° 6 ;

MM. Treuttel et Wörtz, rue de Lille, n° 17.

A STRASBOURG :

Chez MM. Treuttel et Wörtz, Grande-Rue.

Cérès Erinnys,
galopant avec Neptune.

N.º 1.

Médaille de Phère.
Cab. Roy. de France.

Mionnet Tom. 2.
Pag. 23 - N.º 167.

*Grandeur
de la
Médaille*

La Lune
sur un nuage

N.º 2.

Pausan. Liv. V.
Chap. II.

Quatremère de Quincy del.
Jup. Olymp. Pag. 2. 2. Pl. XV

J. M. Feron sculp.

NEPTUNE.

RECHERCHES

SUR CE DIEU, SUR SON CULTE,

ET

SUR LES PRINCIPAUX MONUMENTS QUI LE REPRÉSENTENT,

FAISANT SUITE

AU JUPITER ET AU VULCAIN

DU MÊME AUTEUR;

PAR T. B. ÉMÉRIC-DAVID,

MEMBRE DE L'INSTITUT ROYAL DE FRANCE
(ACADÉMIE DES INSCRIPTIONS ET BELLES-LETTRES),
CHEVALIER DE LA LÉGION D'HONNEUR.

PARIS.

IMPRIMÉ PAR AUTORISATION DU ROI

À L'IMPRIMERIE ROYALE.

—

M DCCC XXXIX.

NEPTUNE.

RECHERCHES SUR CE DIEU,

SUR SON CULTE,

ET SUR LES PRINCIPAUX MONUMENTS
QUI LE REPRÉSENTENT.

Neptunum volunt aquas mundi.

S. August. *de Civ. Dei*, lib. VII, cap. xvi.

J'ai écrit sur l'Æther, être incréé, immortel, dieu créateur, dieu suprême réel, cause du mouvement et de la vie, et sur Jupiter, dieu suprême fictif qui le représente.

Venant aux divinités créées ou aux substances élémentaires, j'ai écrit sur l'Air et sur Héra ou Junon, son image; la bonne, la sainte Junon, la cruelle, l'intraitable Junon; sur les Vents, sur Éole, leur roi; Zéphyre, les Harpies, et sur toutes les divinités qui représentent l'Air en mouvement.

J'ai célébré le Feu et Vulcain, son symbole; Vulcain, fils de Junon seule, mari de Vénus Aphrodite, mari de l'une des Grâces. J'ai traité, à son occasion, des dieux qui ont comme lui représenté le Feu;

je l'ai distingué d'avec Phtha, dieu suprême de l'Égypte, et j'ai expliqué comment il était père des Cabires.

Il faut maintenant que je traite de l'Eau et de Neptune, qui en est l'image dans le culte symbolique.

J'ai assez parlé, quoique moins longuement que je ne l'aurais voulu, de la Terre ou de Cérès Chthonia, déesse cabirique, divinité des morts ; de Proserpine sa fille, de Vénus *Tymborychos*, divinité qui rassemble les éléments après la vie et les amène unis à une vie nouvelle.

L'ordre que je suivrai dans mon travail sera celui que j'ai suivi pour Junon et pour Vulcain. Je serai court : plusieurs raisons m'y obligent.

D'abord je rappellerai la légende de Neptune. Je citerai ensuite les écrivains anciens qui ont dit : Neptune est l'Eau, divinité réelle; Neptune est le dieu fictif qui la représente.

Ce premier travail fait, j'expliquerai la légende, les surnoms et les attributs de ce dieu, et ferai voir que toutes les fables imaginées à son sujet signifient : *Neptune représente l'Eau.*

L'Eau sera considérée en deux états, en état de liquide et en état de fluide ou de vapeurs. Je nommerai les enfants de Neptune, les prétendus géants et tous les descendants de Néphélè, qui tirent de lui directement ou indirectement leur origine.

§ I.

Légende de Neptune.

Suivant le système le plus ancien que nous connaissions en Égypte, pays dont nous sommes obligés de nous occuper, toute chose s'était développée sous les eaux; l'Eau avait été la nourrice universelle des êtres. Cet état en avait suivi un autre, où Phtha, dieu suprême, intelligence supérieure, ne s'était point encore séparé d'avec Athor, matière humide et primitive, nommée *Vénus la Noire*. Fondement de la religion, une si antique croyance avait-elle pénétré chez les Égyptiens par la Libye, l'Abyssinie, l'Arabie, ou bien par l'Orient, par le Nord? L'Égypte l'avait-elle communiquée aux peuples voisins? Heureusement nous n'avons point à examiner ces hautes questions. Ce que nous entrevoyons avec quelque apparence de vérité par Homère, Hésiode, Hérodote, Thalès, c'est que Neptune, quoique bien plus ancien que Jupiter, qui appartient à une époque qu'on peut dire historique, eût des prédécesseurs de la même nature que lui. Neptune était l'Eau. Son culte fut apporté dans la Grèce par la Libye. Les Grecs avaient honoré auparavant Océan et sa femme Téthys, antique nourricière du genre humain [1]; Océan et Téthys, fils du Ciel et de la Terre, père

(1) Téthys est dite *Cana* dans Ovid. *Fast.* 11, 191; Catull. LXV, 70; *Grandæva* dans Val. Fl. 11, 36; et *Maxima* dans Stace, *Achill.* 1. 222.

et mère de Saturne et de Rhée, ou de Saturne et d'Ops[1]; ils avaient honoré ensuite Pontus, ou la mer abandonnant les sommités des rochers, et ne laissant voir que des récifs, des pierres et des gouffres à quiconque aurait osé les traverser[2]; ils avaient honoré Protée, le pasteur des troupeaux maritimes, Protée qui jouissait d'une faculté divine, celle de prendre le corps qu'il voulait, d'être successivement quadrupède, dragon, oiseau, métal; Protée, dont le bruit sourd était pris pour un oracle, mais qui n'annonçait l'avenir que lorsqu'on le liait fortement, afin sans doute qu'il ne pût pas changer de forme et être pris[3]. Ils avaient honoré enfin Nérée, fils de Pontus[4], et sa femme Doris[5], père et mère des cinquante Néréides dont nous parlerons plus tard; Nérée, vieillard à cheveux blancs, c'est-à-dire la mer couverte d'écume[6], dont la voix lointaine rendait aussi des oracles. Comment la mer eût-elle été représentée sous le nom et les formes du vieil

(1) Cicero, *de Universitate*, S xi.

(2) Hesiod. *Theogon.* vers. 132.

(3) Heracl. Pont. *Alleg. Homer.* apud Gale Opusc. mythol. 1688, pag. 490. — Virgil. *Georg.* lib. IV, v. 387, 414, 440-444, 447. — La fille de Protée se nommait Eidothée, ou la forme. Heracl. Pont. *l. c.*

(4) Hesiod. *Theog.* vers. 233. — Hesych. voc. Νηρεύς. Nereus etiam inter mascula maris nomina, et numina fuit. J. G. Vossius, lib. II, cap. LXXVII, pag. 353.

(5) Hesiod. *Theogon.* vers. 241. — Ovid. *Met.* II, 268.

(6) Phurnut. *de Nat. Deor.* cap. XXIII, apud Gale Opusc. myth. 1688, pag. 196.

Océan? comment l'eût-elle été sous les noms de Pontus, de Nérée, de Protée, et ne le serait-elle pas sous celui de Neptune, puisque Neptune existait? Le culte direct fut accompagné, dans toutes les contrées de la Grèce, du culte symbolique; et Neptune appartenait à ce dernier aussi bien que les autres divinités déjà nommées.

Il naquit de Saturne et de Rhée; ceux-ci avaient pour père Pontus et pour mère la Terre; petit-fils d'Océan et de Téthys, il était honoré en même temps que Protée et Nérée. Ces derniers étaient-ils des dieux grecs? Les anciens ne nous ont point laissé de fables à cet égard; il y a seulement beaucoup d'apparence. Le nom de Neptune paraît venir de Nestis, qui, dans la langue des Égyptiens, suivant Empédocle, signifiait *Eau* [1]. Arrivé en Grèce, il reçut un nom grec. On le nomma Poseidôn, ou Posidôn, celui qui donne la boisson, ce qui annonçait qu'il était pris autant pour l'Eau douce que pour l'Eau salée, ou autrement qu'il était l'Eau en général.

Platon donne cette étymologie [2]. Ici le secret d'Éleusis n'est plus un secret : on voit déjà que Neptune est l'Eau.

Ayant appris par un oracle qu'il mettrait au jour

---

[1] Athenag. *Legat. pro Christ.* cap. xvii, édit. Oxon. 1706, p. 81. — Plutarch. *de Placitis philos.* lib. I, cap. iii.

[2] Plat. *Cratyl.* tom. I, Op. pag. 402.

un fils plus puissant que lui, Saturne, qui était le Temps, dévorait tous ses enfants à leur naissance. Rhée, pour sauver Poseidôn, offrit à Saturne un jeune cheval, qu'il engloutit dans ses entrailles, croyant que c'était son fils [1].

Neptune n'oublia point qu'il avait été sauvé de cette manière, et il conserva pour le cheval une singulière affection. Quand les dieux, effrayés par Typhon, s'enfuirent en Égypte sous les formes de différents animaux, Neptune prit celle d'un cheval. Si cette fable, comme nous le pensons, a pour but de montrer par les traits de chaque animal le caractère de chaque divinité, elle fait voir la préférence que Neptune accordait à celui-là sur tous les autres animaux.

Il se passionna, dans sa jeunesse, pour la beauté de Méduse. Elle était divine ; il fut assez heureux pour l'entraîner sur une molle prairie et il obtint ses faveurs. Le produit de leur union fut le cheval Pégase, de sorte que la Gorgone fut mère et de Pégase et de Chrysaor [2].

On ne dit pas qui était le père de Chrysaor [3]. Ce

---

(1) Pausan. lib. VIII, cap. VIII.—Pausanias ajoute au récit de cette fable : « Les sages de la Grèce nous ont caché d'importantes vérités « sous des énigmes; ce que l'on dit de Saturne est de cette nature. »

(2) Ovid. *Metam.* lib. IV, vers. 785 seq.—Apollod. lib. II, cap. III, § 2. — Tatian. *Contra græc. Orat.* cap. VIII, pag. 250, ed. Bened. ad calc. S. Justin.

(3) Apollod. l. c. le fait fils de Neptune.

dieu naquit dans la Phénicie. Hésiode, qui en parle, ne nomme que la Gorgone [1]. Digne fils d'une telle mère, son nom signifiait *Épée d'Or*. Il forgeait la foudre, et en nourrissait en lui la flamme.

Pégase avait des ailes : il porta Bellérophon au travers des airs quand celui-ci alla tuer la Chimère. Pégase montait aux cieux avec les poëtes. Bouillant des feux de la Gorgone, il leur inspirait de la chaleur. Plein de l'humidité fécondante de Neptune son père, il fit jaillir de son pied la fontaine d'Hippocrène [2], et finit par être placé dans le ciel, modèle des hommes heureux qu'il avait inspirés.

Qui était Méduse? Je l'ai dit ailleurs. Je ne veux ici ni me répéter, ni me transcrire : je suis par conséquent obligé de renvoyer à ce que j'ai écrit sur cette divinité [3]. Méduse était nécessairement un météore de la même nature que l'Égide sous laquelle Jupiter cache quelquefois son front. L'Égide était un nuage noir, et Méduse un nuage plus noir qui se plaçait devant. « Neptune, ai-je dit, aima cette « nymphe dans sa jeunesse, par la raison que Nep- « tune était l'Eau, et la nymphe le nuage. »

De la Gorgone pleine de feu électrique on voit bien que devait naître Chrysaor, qui forgeait avant Vulcain le feu de la foudre et la présentait aux dieux.

<hr>

(1) Hesiod. *Theog.* vers. 281. — Voyez *Vulcain*, pag. 54.

(2) Ovid. *Met.* lib. V, vers. 265 ; Hygin. *Astronomic.* § 8.

(3) Voyez *Jupiter*, part. 3, chap. vii, tom. II, pag. 516.

De cette mère devait naître aussi le bouillant Pégase, animé du feu des poëtes. Cette origine n'a rien que de naturel et de conforme aux lois générales connues par les anciens.

Fidèle à Jupiter, Neptune, malgré son affinité prochaine avec les géants, prit part à la guerre que ceux-ci tentèrent contre les dieux, et précipita Polybotès sous l'île de Nisyre.

Il fixa l'île flottante de Délos pour donner à Latone le moyen d'accoucher paisiblement d'Apollon et de Diane.

Les Cyclopes lui firent présent du trident qui avait trois pointes d'or, faisant allusion aux trois espèces d'eaux que ce dieu représentait, savoir : l'eau de la mer, qui était salée; l'eau des fleuves et des fontaines, qu'on pouvait boire, et d'où lui venait le nom de *Poseidôn*, et l'eau saumâtre des marais [1].

Son amour pour Cérès, qui était la Terre, est assez connu. Cérès, pour éviter ses poursuites, prit d'abord la forme d'une jument. A peine se fut-il aperçu de cette supercherie, qu'il prit celle d'un cheval. Rien ne pouvait lui plaire davantage, c'était la forme qu'il aimait le plus. Les fruits de leur union furent une fille, dont le nom était un secret pour quiconque n'était pas initié aux mystères d'Eleusis [2]. et Arion, cheval terrestre et sans ailes, mais divin,

(1) Natalis Comes, *Mytholog.* lib. II, cap. viii.
(2) Pausan. lib. VIII, cap. xxv.

qui parlait et avait le don de prophétiser [1]. Ariou, d'abord nourri dans les étables des Néréides, alla dans les mains d'Oncus, à qui son père en fit présent. Hercule l'obtint de ce dernier, et des mains d'Hercule il passa dans celles d'Adraste, au siége de Thèbes [2].

Nous voyons ici des choses qui semblent contradictoires; l'une, qu'avant d'avoir connu Neptune Cérès était dans l'état d'une furie et surnommée *Erinnys* [3]; l'autre, qu'elle allait souvent se baigner dans le Ladon, se rappelant avec plaisir que c'était sur les bords de ce fleuve qu'elle avait été aimée par Neptune [4].

Nous voyons aussi des chevaux de deux espèces, descendants de Neptune; des chevaux sans ailes, tels qu'Arion; des chevaux ailés, tels que Pégase. Nous expliquerons dans la suite comment ces deux espèces de chevaux viennent du roi des mers.

Neptune avait disputé sans succès à Junon la possession de l'Argolide, et celle de Corinthe à Apollon; il ne fut pas plus heureux avec Minerve ou Athéné, au sujet de l'Attique. Il s'agissait de savoir lequel donnerait son nom et accorderait sa protection spéciale à la ville que fondait Cécrops Iᵉʳ.

---

(1) Stat. *Theb.* lib. VI, vers. 3o.
(2) Pausan. lib. VIII, cap. xxv.
(3) Apollod. lib. III, cap. vi, § 8.—Pausan. lib. VIII, cap. xxiii.
(4) *Ibid.*

Ce différend devait avoir une grande influence sur le sort de la ville future ; car si Neptune lui donnait son nom, elle se livrerait principalement aux expéditions maritimes ; et si c'était Minerve, cette ville s'adonnerait avec un goût particulier à tous les arts fabricateurs. Les dieux s'en rapportèrent au jugement de Cécrops lui-même. Les deux divinités comparurent devant ce roi, et prirent en considération les besoins de la cité naissante. La dispute avait lieu dans le sein de la citadelle. Neptune brisa la terre sous son trident, et il en fit jaillir une source d'eau ; croyant faire à l'Attique, qui manquait d'eau, le plus beau de tous les présents. Minerve, à son tour, frappa la terre de sa lance, et elle en fit sortir un olivier, qu'elle jugea le plus précieux de tous les arbres. Le roi de l'Attique donna la préférence à l'arbre de la paix, et par suite à Minerve *Ergané*. La fabrication l'emporta sur la navigation.

Ici les auteurs s'expriment de deux manières différentes. Tandis qu'Hérodote[1], Varron, Lucain, Apollodore, Ælien Aristide, Hygin, S. Clément d'Alexandrie, Pausanias, Lactance, Eusèbe, S. Augustin, ont dit : des eaux, une mare, une mer ; Virgile, Ovide, Servius, disent : il fit jaillir un cheval.

Mais il est facile de concilier ces auteurs qui disent la même chose ; il suffit pour cela de reconnaître que les uns parlent au propre et les autres

_____
[1] Herodot. lib. VIII, cap. LV.

au figuré. Or l'antiquité, emploie presque habituellement ce style figuré, et particulièrement lorsqu'elle raconte des fables. Et comment Hérodote et Virgile, Varron et Ovide, auraient-ils une opinion différente sur un événement dont il était si simple de constater la réalité? Si l'on se porte sur les lieux, on trouve que les faits sont d'accord avec l'assertion d'Hérodote, d'Apollodore, de Varron et des autres auteurs, puisqu'il est constant qu'une mare d'eau se voit dans la citadelle d'Athènes. Servius a jugé la difficulté, et d'un mot il l'a résolue. Virgile avait dit :

> .... Frementem
> Fodit equum......... (1)

« Il versa un cheval frémissant. »
Ovide avait dit :

> .....Medioque e vulnere saxi
> Exsiluisse ferum..... (2).

«Du milieu de la blessure faite à la crête du «rocher, sauta une bête indomptée. »

Servius rappelle d'abord les copistes de Virgile qui ont substitué *aquam frementem* à *equum frementem*, et il préfère cette dernière expression; elles ont au fond la même signification, mais la figure ne lui déplaît pas. Il donne la préférence à *equam*,

---

(1) Virgil. *Georg.* lib. I, vers. 12, 13; lib. III, vers. 122.
(2) Ovid. *Metamorph.* lib. VI, vers. 76, 77.

un cheval, et il dit.: *et melius* (*et cela est mieux*). Il demeurera donc prouvé que *aqua* et *equus* ont le même sens, et qu'un cheval, au figuré, est, au propre, un flot, des eaux, une mer.

On verra d'ailleurs, dans le cours de cet écrit, l'antiquité confirmer de diverses manières une si importante assertion. Je montrerai quel immense parti on peut tirer, pour la connaissance de la religion grecque, de cet accord entre Hérodote et Virgile, entre Ovide, Varron, S. Clément d'Alexandrie et tous les autres.

Continuons, quant à présent, l'exposé de la légende.

Andromède, fille de Céphéus, roi d'Æthiopie, s'était vantée d'égaler en beauté Junon et les Néréides ; Neptune, irrité contre elle, envoya un monstre marin qui devait la dévorer. Persée, qui comme on sait était le soleil, monté sur le cheval Pégase, pétrifia le monstre en lui montrant la tête de Méduse, obtint Andromède de son père, et l'épousa.

Une aventure semblable eut lieu une seconde fois. Neptune et Apollon, déguisés, avaient bâti les murs de Troie [1]. Mécontents de Laomédon, qui n'avait pas tenu avec eux ses engagements, ces dieux voulurent se venger ; Neptune fit sortir dans ce but des cavernes de la mer un monstre qui devait dévorer Hésione. Ce monstre fut tué par Hercule.

(1) Macrob. *Satarn.* lib. III, cap. iv.

Le grand nombre des enfants de ce Dieu a pour cause celui des filles qui venaient rêver au bord de la mer. Elles arrivaient vierges et s'en retournaient mères. La merveille était mise sur le compte du dieu.

Il n'y a rien que de naturel dans cette suite de faits supposés. La légende de Neptune est si claire, qu'on en donne l'explication à regret.

§ II.

Caractère religieux de Neptune indiqué par les auteurs anciens. — Ce Dieu est l'Eau.

Le vrai caractère religieux de Neptune n'est pas seulement manifesté par ses fables, il est encore mis à découvert par un grand nombre d'auteurs anciens. Quand Homère nous représente Jupiter s'adressant à Neptune et lui disant : Toi qui as la Terre, qui ceins la Terre, qui couvres la Terre, qui ébranles la Terre [1], il ne parle point d'un génie gigantesque qui ferait toutes ces choses; il entend parler de la Mer, ou de l'Eau, puisque c'est la Mer elle-même qui a, qui ceint, qui couvre, qui cache, qui ébranle la Terre.

Hésiode ne peut avoir que la même pensée quand il emploie les mêmes expressions, Neptune, dieu qui ceint la Térre [2]; quand il dit, le retentissant Nep-

(1) Homer. *Iliad.* lib. XIII, vers. 34, 43, et alibi.
(2) Hesiod. *Theog.* vers. 456.

tune[1]. Assimiler le retentissant Neptune à l'Eau, dont le bruit lointain passe pour un oracle, c'est tout ce que pouvaient ces poëtes dans la ferveur des initiations, lorsqu'il était défendu, sous peine de la vie, de dire quels rapports existaient entre le culte secret et le culte populaire.

On donne aussi le titre de mari de la Terre à Neptune, dénomination qui ne peut se rapporter qu'à la Mer.

Varron préfère cette étymologie à toutes les autres, car Neptune, dit-il, cache la Terre de son corps, et c'est par cette raison que les anciens l'ont appelé Neptune[2]. Varron est un zélé stoïcien; il n'admet que les dieux réels, il rejette tous les dieux symboliques comme de faux dieux; mais il a toute la chaleur d'un homme profondément persuadé; par cela même il est démontré qu'il connaît très-bien sa religion, et il mérite une entière confiance.

Properce compare sa maîtresse à la Terre, qui a voulu, dit-il, être cachée tout entière sous le corps du dieu liquide son époux : *Quæ voluit liquido tota subire Deo*[3].

Neptune, dit Cicéron, rend des oracles certains

---

(1) Hésid. *Theog.* vers. 818.

(2) *Neptunus* (dicitur), quod mare terras obnubit, ut nubes cœlum : a nuptu, id est opertione, ut antiqui, a quo nuptiæ, Nuptusque dictas. Varro. *de ling. lat.* lib. IV, ed. Bipont. pag. 21.

(3) Propert. lib. III, eleg. 17.

quand les antiques rochers, couverts d'une liqueur écumeuse, répètent de tristes accents [1].

L'auteur appelé S. Clément, dans son tableau du paganisme, est plus clair et non moins positif. Après le premier dépôt des terres, dit-il, la première eau qui a surnagé, ils l'ont nommée Poseidôn [2].

Ils appellent Neptunus, dit Phurnutus, celui qui ébranle la Terre, qui mugit, qui soupire sourdement. Ils lui sacrifient, en habit noir, des taureaux noirs [3]. Ils le peignent avec un trident dans chaque main, parce qu'il ébranle la Terre jusque dans ses fondements. Il est le père des fontaines, des sources d'eau, le père de Pégase [4].

S. Clément d'Alexandrie s'exprime là-dessus avec une fermeté remarquable. Eh quoi, dit-il, ils ne seront pas athées ceux qui, par une fausse sagesse, refusent d'adorer des pierres et du bois, et qui cependant ont adoré la Terre et l'ont appelée leur mère ! Ils ne seront pas athées, ceux qui n'ont point consacré de statues à Neptune, et qui cependant adorent l'Eau ! Et qu'est-ce que Neptune, sinon

(1) Cicer. *de Divinat.* lib. I, cap. 7.

(2) Ποσειδῶνα προσηγόρευσαν, § 7. Ap. Cotel. *Patres qui temp. Apost. flor.* Amst. 1724, t. I, pag. 673.

(3) Virgile dit seulement : il lui sacrifie un taureau, *taurum Neptuno.* Æneid. lib. III, vers. 119.

(4) Phurnut. *de Nat. Deor.* cap. XXII.

le Dieu *Poseidôn*, celui qui nous sert de boisson [1]?
On ne saurait être plus positif.

C'est parce qu'il voile la terre, dit Arnobe, qu'il
est appelé ou surnommé Neptune. Nul autre dieu
n'a ce surnom que lui. C'est lui qui ébranle la
Terre [2].

Que le soleil, dit Eusèbe, soit Osiris, Orus,
Apollon, je le veux; mais n'est-ce pas toujours le
Feu, l'Eau, des parties humides ou sèches de la
nature qu'ils adorent [3]? Eusèbe va ici au fond des
choses, il nie, comme théologien, la divinité des éléments; mais l'argument qu'il fournit en faveur de
l'existence du culte symbolique est sans réplique, et
l'on voit clairement que, dans son opinion, Neptune
est un des représentants de l'Eau.

Tout ce que la Terre, la Mer renferment d'ad-
mirable, dit Prudence, ils en font des dieux.....
tantôt appelant l'Océan Neptune, tantôt les fleuves
limpides, des Nymphes.

> .... Vel Neptunum vocitantes
> Oceanum, vel cyaneas cava flumina Nymphas [4].

[1] Ὕδωρ δὲ αὐτὸ προστρεπόμενοι. Τί γάρ ἐστι πρότερον Ποσειδῶν
ἢ ὑγρά τις οὐσία ἐκ τῆς πόσεως ὀνοματοποιουμένη; S. Clem. Alex.
Cohort. ad gent. cap. v, pag. 56.

[2] Arnob. *Adv. gent.* lib. III, pag. 52, 53, ed. 1666.

[3] Eusèbe, *Prep. evang.* lib. III, cap. vi, pag. 96.—Voyez *Intro-
duction à l'étude de la mythologie*, pag. 150 à 153. — *Jupiter*, t. I,
pag. 37 à 39.

[4] Prudent. *Contra Symmach.* lib. I, vers. 297 et seqq.

La Mer, dit S. Augustin, est la vérité; Neptune est le mensonge [1].

Le même père nous dit : Ils veulent (les polythéistes veulent) que Neptune soit les Eaux du monde, *aquas mundi;* Vulcain, le Feu du monde [2].

D'accord avec tous les précédents, Eustathe dit enfin : Neptune désigne la nature liquide [3].

Ainsi donc Neptune n'est ni un fils de Noé, ni un général commandant la marine, ni le génie de l'eau, ni la puissance de l'eau; Neptune est l'Eau en général, *aquæ mundi*, et rien autre chose. Ainsi il est deux manières de désigner l'Eau : au propre, l'Eau est une source, un flot, une mer; au figuré, l'Eau est un cheval frémissant, un animal indompté. Ce sont Varron, S. Clément d'Alexandrie, S. Augustin, Virgile, Ovide, qui nous le disent.

§ III.

Légende expliquée par ce mot : Neptune est l'Eau.

Si Neptune représente l'Eau en général, *aquas mundi*, toutes les fables doivent être l'expression de ce mot. Or, tout est conforme. Il est à regretter que nous ne sachions pas avec certitude si le dieu

(1) S. August. *Serm.* 197. *In Nat. Domini*, tom. V Opp. col. 905, ed. Antverp..

(2) Idem, *de civ. Dei.* lib. VII, cap. xvi. *Neptunum volunt aquas mundi.*

(3) Eustath. *Iliad.* O, p. 1011, ed. Rom.

Protée est plus ancien que Neptune; mais ce que nous voyons du moins, et là est ce qui nous importe le plus, c'est qu'en tout temps on a reconnu dans l'Eau la disposition à prendre les qualités du corps qu'elle pénètre et auquel elle s'unit. Quel que soit le nom du personnage divin qui la représente, Protée, Nérée, Neptune, Thétis, elle a la faculté de s'identifier avec lui; elle prend son goût, sa couleur. Or la fable de Thétis n'est point autre chose que cette transformation. Pélée était la Terre glaise, Thétis était l'Eau, que son amant poursuivait. Trem-blant d'être saisie, la déesse timide devenait tour à tour, pour lui échapper, lion, tigre, plante, mé-tal, et n'était prise que lorsque, lasse de fuir, elle reprenait sa première forme [1].

Pareille chose arrive à Neptune et à Protée. Pausanias raconte qu'il y avait hors de la ville de Træ-zène un temple de Neptune, distingué par le nom de *Phytalmios*, le dieu planteur, ou le dieu des plantes. Arrosées par une eau à peu près la même, ces plantes avaient toutes leur goût naturel. Les habitants du pays ayant violemment irrité Neptune, il inonda leur terroir par un flot d'eau salée dont il le couvrit entièrement. Dès ce moment le même goût d'eau salée régna partout; le fléau ne cessa, les plantes ne reprirent leur nature que lorsque Neptune, désarmé par la piété des habitants, eut

[1] Je suis le texte d'Apollodore, lib. III, cap. XIII, § 5.

retiré le flot d'eau salée, lorsque l'eau commune eut repris son cours, et que chaque plante recommença à s'identifier avec elle. Les habitants savaient donc que l'eau s'identifie avec la plante; l'espèce de transformation qui résulte de cette union ne les étonnait plus, le miracle était devenu vulgaire [1].

Eh ! que savons-nous si la fable d'Apollon et Neptune bâtissant les murs de Troie n'est pas de la même nature? Ce n'est pas sans motif que les deux dieux ont été déguisés en manouvriers. Apollon, qui est le soleil, chasse des flancs de la pierre l'eau qu'elle renfermait; à l'instant le caillou calciné tombe en poussière; Neptune reverse de l'eau sur ce caillou brisé; le caillou redevient pierre; les portes Scées s'élèvent et braveront les efforts du temps. C'est ainsi que les faits les plus simples. enseignés sous forme de fables, acquièrent un nouveau prix, et que la science des enfants s'enrichit de tout le savoir des sages.

Rhée, voulant sauver Neptune son fils, y substitue un jeune cheval, et le rusé Saturne y est trompé; il prend la chair du cheval pour celle de son fils.

Neptune, se réfugiant en Égypte, se revêt des formes d'un jeune cheval; Méduse aime Neptune; cet amour n'a rien que de bien naturel, car Méduse, avons-nous dit, est le nuage plein de feux élec-

<hr>

[1] Pausan. lib. II, cap. xxxii.

triques, qui cache pendant l'orage le front de Ju
piter. Le fruit de cette union est le cheval Pégase.
Monté par Bellérophon, Pégase va donner la mort
à la Chimère : ne nous étonnons pas de son feu,
puisqu'il est fils de Méduse.

Cérès aime Neptune; Cérès est la terre affamée
d'eau, devenue presque furieuse par la privation de
cet aliment, et surnommée, à cause de cette passion,
Érinnys [1]; elle s'est métamorphosée en cavale, elle
a fui : Neptune, heureusement amoureux d'elle, la
poursuit; il la rattrape; elle monte sur son dos, et
ils galopent ensemble. Le fils de leur union est le
cheval Arion, que son père fait élever par les Néréides, dans les étables de l'Océan.

Je puis citer ici deux médailles autonomes de
la ville de Phères, en Thessalie; l'une, du cabinet
de Hunter, rapporté par Eckhel; l'autre, de notre
cabinet royal, publiée par M. Mionnet. On y voit
Cérès assise sur le cheval qui galope. Toute la
différence qui se trouve entre ces deux médailles,
c'est que dans celle d'Eckhel la déesse tient un
flambeau dans chaque main, *atraque manu,* et que
dans l'autre, elle ne tient qu'un seul flambeau [2].
Le sens est d'ailleurs si clair qu'il n'y a aucune

(1) Pausan. lib. VIII, cap. xxv.
(2) Eckhel. *Doctrin.* Thessalie, Phères, tom. II, pag. 147. —
M. Mionnet, tom. II, pag. 23, n° 167. Voyez à la tête de l'ouvrage, figure 1.

raison de se former des doutes. C'est l'Eau qui poursuit Cérès, c'est l'Eau que Cérès impatiente désire; rien de moins équivoque.

Une pierre de Stosch, publiée par Winckelmann et Schlichtegroll, forme la suite de ce sujet. Elle offre Cérès, tenant par la bride Arion, lequel a entre ses pieds la vie sous l'emblème d'un serpent debout sur les replis de sa queue. Cet animal représenta d'abord l'âme du monde [1]; il devint bientôt l'image du génie ou de l'âme de chaque lieu, *genius loci*, ensuite de l'âme de chaque famille, de l'âme ou de la vie de chaque individu, etc. Winckelmann et Schlichtegroll ont vu tous deux dans le cheval, l'image d'Arion; mais aucun d'eux n'a reconnu ni Arion comme symbole de l'Eau, ni le serpent comme symbole de l'Ame propre à chaque lieu [2]. Le sens de cette composition est celui-ci : rajeunie par l'Eau, la Terre retrouve son âme ou sa vie, qui était sur le point de l'abandonner.

Tant de rapports entre Neptune et le cheval, la supercherie de Rhée et l'erreur de Saturne, le voyage d'Égypte, l'amour de Neptune pour Méduse, et la naissance de Pégase, l'union du dieu avec Cérès, et la naissance d'Arion, autorisent à demander, qu'est-ce donc que le cheval? Déjà on prévoit

(1) Jupiter, tom. II, part. 2, chap. xiv, pag. 254.
(2) Winckelm. *Pierr. grav. de Stosch*. deuxième clas. pag. 68. — F. Schlichtegroll, *Choix de Pierres grav. de Stosch*. p. 85, n° xxxvii.

la réponse. Le cheval est le flot qui se forme au sein de la mer sitôt qu'elle est agitée. Le cheval est le flot qui embrasse la terre, qui l'ébranle, qui se répand sur la grève et se déroule en frémissant.

Quand la mer se gonfle, il se forme à sa surface des montuosités, la plaine liquide blanchit ; nous disons alors que la mer *moutonne;* il serait plus exact de dire qu'il s'y engendre des chevaux. Les ondes grandissent-elles, leurs têtes se chargent-elles d'écume, leurs croupes s'alongent-elles sous le souffle de Borée? Ces vagues sont autant de Néréides qui saluent leur roi : l'allégorie n'a point ici de voile. A une époque où l'on ne cherchait que des ressemblances, combien en effet on dut en voir entre le cheval et le flot! Celui-ci est rapide comme le cheval, écumeux comme le cheval, impatient comme le cheval, mutiné comme le cheval. Aussi les anciens puisèrent-ils dans l'idée de *hippos,* cheval, la plupart des surnoms donnés à Neptune, comme nous pourrions les emprunter nous-mêmes aux mots ondes, vagues, flots, mers, *fadit equum frementem.*

Neptune fut surnommé *Hippius* [1], l'homme de cheval ou le chevalier, parce qu'il était le flot ou l'Eau, et que le flot se forme au sein de l'Eau; il fut nommé *Hippocurius* [2], le dieu qui soigne les che-

(1) Pausan. lib. VII, cap. xxi, et lib. VIII, cap. xxxvi.
(2) Id. lib. III, cap. xiv.

vaux; *Hippodame* ou *Domatitès*[1], le dompteur des chevaux, parce que c'est lui qui domptait les flots. Le *quos ego* se rapporte aussi bien aux flots qu'aux vents en fureur. Les actes suivirent les surnoms. Le char de Neptune et d'Amphitrite vola sur les flots apaisés, au milieu d'un pompeux cortége. Triton, fils de ces deux divinités, se joue auprès d'elles. Les Hippocampes nagent parmi les animaux qui les environnent.

C'est à peu près ce qu'on voit sur une médaille citée par Zoéga, et rapportée par M. Mionnet, avec celles d'Alexandrie d'Égypte. Neptune y est debout, tenant de la main droite un trident, dans un char traîné sur les flots par deux Hippocampes ou chevaux marins[2]. On sait seulement que les chevaux marins ne sont pas de vrais chevaux, puisqu'ils ont les pieds fourchus.

Enfin une monnaie de Rhaucus, ville de Crète, peint Neptune sous la forme humaine, ayant son trident dans la main gauche, et de la droite retenant un cheval par la bride[3]. Neptune, dans cette monnaie, est l'homme nu qui tient le cheval par la bride, et le cheval est le flot que Neptune retient

(1) Pausan. lib. III, cap. xiv.

(2) Mionnet, tom. VI, pag. 115, n° 613. — Zoéga, monnaies d'Égypte, pag. 70, n° 77.

(3) Mionnet, tom. II, pag. 297, n° 304. — Sa description se trouve confirmée par Eckhel, *Doctrina*, tom. II, pag. 320. — Cette monnaie forme le frontispice du présent ouvrage.

et qu'il captive. On dirait que l'artiste a voulu peindre lo vrai dieu, *celui qui met un frein à la fureur des flots.*

Ainsi Neptune est le cheval qui emporte Cérès sur son dos; Neptune est le héros qui, sous la forme humaine, retient le flot, lequel a les traits d'un cheval; Neptune est le flot retenu par le frein; Neptune est une source, un fleuve, une mer; Neptune, enfin, est l'eau, quelque part et sous quelque forme qu'on la voie.

Jusqu'ici les fables sont d'accord avec le principe; poursuivons.

§ IV.

Suite de l'explication de la légende.

Une chose est à remarquer, au sujet de Nérée, c'est que parmi les cinquante filles de ce dieu, qui étaient les Néréides, plusieurs avaient des noms tirés, comme ceux de Neptune, de la dénomination ou de la nature du cheval. Ceci me paraît prouver deux choses : l'une, que Nérée, qui était la mer, et Neptune, qui représentait l'Eau, dataient à peu près du même temps; l'autre, c'est que Nérée était bien la mer, puisqu'il avait pour fille des flots, ou la mer considérée par parties séparées. En effet, au nombre des cinquante Néréides, on comptait *Hipponoé*, celle qui songe au cheval; *Hippothoé*, rapide comme un cheval; *Ménippe*, qui a la vigueur des chevaux; *Cymo*, née des ondes; *Cymodocée*, qui reçoit les flots; *Cymothoé*, vague rapide; *Galatée*, la blanche. Parmi les personnages de la cour de Neptune figuraient *Rhée*, sa mère, ou celle qui coule, suivant l'étymologie donnée par Héraclite d'Éphèse, citée par Platon [1]; *Callirrhoé*, celle qui coule bellement, que les artistes grecs avaient désignée par une draperie très-abondante et une robe à plis très-ondoyants; *Hippo*, ou le cheval.

Outre les surnoms de *Hippios*, de *Hippocurius*, de *Hippodame* ou *Domatitès*; outre les surnoms que lui donne Homère, tels que, celui qui a la terre, celui qui tient la terre, celui qui ébranle la terre [2], on lui en donna d'autres qui peignent presque tous ou le maître des mers ou l'arbitre des eaux.

Il fut appelé *Tridentiger*, porteur du trident. Il fut appelé *Mycétès*, à cause de son mugissement semblable à celui du bœuf [3]. On le nomma, par la même raison, *Taureau*, et criant comme le taureau [4]. Il reçut les surnoms de Nymphagète et de Crènouchos (de νυμφαγέτης et de κρηνοῦχος), *chef des nymphes*

<hr>

[1] Plat. *Cratyl.* tom. I, Opp. pag. 402 A, edit. Serran.

[2] J. Pollux, *Onomast.* lib. I, cap. 1, segm. 23.

[3] Phurnutus, *de Nat. Deor.* cap. xxii, ap. Gall. 1688, pag. 193. — Il fut aussi nommé Ἀγαστός.

[4] Hésychius assure que Neptune lui-même fut appelé Ταῦρος et Ταύρειος.

et maître des sources [1]. Il était par conséquent reconnu comme chef et maître de toutes les eaux potables, sources, fleuves, fontaines.

C'est sous la dénomination de *Posidonium*, habitation de celui qui donne la boisson, qu'on lui élevait des temples. Quand les Doriens bâtirent une ville en son honneur, dans la Lucanie, pays de l'Italie méridionale, ils l'appelèrent *Posidonia*, ou *Posidania*. Vers l'année 480 ou 481 de la fondation de Rome, 273 ans avant J. C., sous le consulat de Fabius Dorso et de Claudius Canina, d'autres disent un peu plus tard, il fut conduit dans cette ville une colonie romaine; la ville prit alors le nom de *Pæstum* [2]. Rien d'ailleurs n'y fut changé; les monnaies de Posidonia et celles de Pæstum présentent, les premières, dont quelques-unes sont très-anciennes, Neptune debout, menaçant de son trident; au revers, un taureau, un poisson, un dauphin; les secondes, Neptune debout, un trident, ou bien la tête de ce dieu seulement, un taureau, un dauphin, une corne d'abondance; la tête de Pallas, celle de Cérès, etc... Seulement à ces monnaies, il en fut ajouté d'autres que la longueur des temps rendait

(1) Sunt enim Nymphæ potabilium aquarum fontes. Pharnut. *loc. cit.* pag. 195.

(2) Tit. Liv. *Epitom*, lib. XIV.—Vell. Paterc. lib. I, cap. xiv.—Cluvier, *Italia antiq.* tom. I, pag. 1157. — Cellar. *Notitia orbis antiqui.* lib. II, cap. ix, sect. 4, pag. 724, tom. I.—Eckhel, *Doctrin.* tom. I, pag. 158.

nécessaires, portant les têtes d'Apollon, de Junon, de Cérès; au revers un épi, une ancre, un gouvernail, une proue de vaisseau [1]. La ville fut donc toujours *Neptunienne* comme auparavant [2]. Trois temples de la plus ancienne et de la plus belle architecture dorique demeurèrent debout dans l'intérieur, et les ruines en subsistent encore. Il paraît même que les citoyens composant la colonie prirent part à la dédicace du nouveau temple de Neptune [3]. Quand les Romains voulurent commencer la première guerre punique, les habitants de *Pæstum*, unis à ceux de *Rhegium* et de *Velia*, mirent en commun vingt vaisseaux au service de la république, en disant toutefois que c'était librement et de leur plein gré [4]. Après la bataille de Cannes, ils lui envoyèrent en présent des coupes d'or que celle-ci eut la générosité de refuser [5]. Fidèle alliée de Rome, Pæstum, enrichie par la navigation, dotée même de greniers d'abondance, où elle vendait le blé au peuple à des prix modérés [6], paraît avoir conservé le culte de Neptune aussi longtemps que Rome et Ostie. Les

---

(1) Mionnet, suppl. tom. I, pag. 3o8, 3o9, etc.

(2) Publius Victor se sert de cette expression : *Neptunia.*

(3) Inscrip. n° xii, dans Dumont, *les Ruines de Pæstum,* gr. in-fol. 1769, pag. 9.

(4) *Id. Ibid.* pag. 4.

(5) *Id.* pag. 4.

(6) On voit ce fait dans deux inscriptions en l'honneur des magistrats de Pæstum, *ibid.* pag. 4 et 8, n° 7.

villes méridionales de l'Italie défendaient encore avec obstination leurs temples, leurs autels, leurs jeux, leur religion ancienne, au commencement du v* siècle [1].

Le surnom de *Généthlius*, qui favorise la génération, et le temple de ce dieu, près de la ville de Sparte [2], nous conduisent aux mêmes idées. Ce n'est point proprement Neptune que nous voyons, c'est Poseidôn, celui qui donne la boisson, soit que la dénomination de *Généthlius* fût prise de ce que Téthys, ou l'Eau, femme d'Océan, avait été la nourrice du genre humain, soit que l'on considérât l'eau comme véritablement favorable à la génération. Poseidôn eut un second temple sous le surnom de *Génésius*, près d'Argos [3]. Il eut un autre temple, sous le nom de Poseidôn, avec le surnom de *Pater*, père, à Éleusis [4]. Dans tous ces surnoms, il représente, comme on voit, l'eau douce.

Nommerai-je les enfants de Neptune? Tant était grande la terreur inspirée par les forbans, dans ces temps où la force faisait la loi, que tous les étrangers

(1) M. Beugnot, tom. I, liv. VIII, chap. iii, pag. 366, 368 et suiv. tom. II, liv. IX, chap. x, pag. 148, 149 et suiv.

(2) Pausan. lib. III, cap. xv, pag. 397. — Ce temple était à Généthlium, village sur les terres d'Argos. Il y avait près de ce village une source d'eau douce. Les Spartiates croyaient que cette eau devenait douce en courant dans les terres, lib. VIII, cap. vii.

(3) Pausan. lib. II, cap. xxxviii.

(4) *Id.* lib. I, cap. xxxviii.

venus par mer passaient pour ses fils. Tels furent Polyphème, qui l'appelait son père [1]; le chef des Lestrygons; les deux fils d'Iphimédie, reconnus pour ses enfants; Busiris et autres brigands de cette espèce. Son immensité les faisait en général passer pour des géants. Dans la réalité, ces chercheurs d'aventures étaient méchants ou bons, suivant le hasard de leur naissance et leur caractère personnel.

§ V.

Attributs et symboles de Neptune.

L'Eau en général, avons-nous dit, était le dieu réel, honoré dans le paganisme sous le nom et les formes de Neptune. De là il arriva naturellement que les attributs de ce dieu ne furent pas puisés seulement parmi les signes emblématiques de la navigation sur mer, mais encore parmi ceux de l'eau dans son universalité, ou de toutes les eaux répandues dans le monde.

En effet, si l'on considère les attributs de Neptune, on y trouve le taureau, le cerf, le cygne, le canard, animaux étrangers à l'eau salée; le vase, symbole de l'eau dans sa généralité; la corne à boire, la lyre, image de l'harmonie que l'eau établit entre les éléments [2]; le trident, signe de la triple puissance que

---

(1) Homer. *Odyss.* lib. IX, vers. 528, 529.

(2) C'est ce que je ferai voir dans ma dissertation sur les centaures.

Neptune exerce sur les trois espèces d'eaux; le cheval, que sa parfaite convenance rendit propre à représenter les flots des mers et ceux des rivières. A ces signes, il faut joindre ceux de la navigation par mer, un aplustre, un aviron, une ancre, un dauphin, ou tout autre poisson, etc. etc.

Entre le taureau et le cheval il y avait quelques différences; elles étaient cause que l'un représentait plus particulièrement les fleuves, l'autre, les flots allongés de la mer. Le taureau mugit comme les fleuves; il a aussi des cornes, comme les fleuves qui ont souvent plusieurs branches quand ils se jettent dans la mer. On sacrifiait à Neptune des taureaux noirs, par la raison que les fleuves étaient le plus souvent bourbeux et noirs à leur embouchure. Le taureau et le cheval convenaient d'ailleurs également au représentant, au chef, au roi de la nature humide, et ils étaient consacrés tous deux à sa représentation.

L'eau, dit Platon, se voit en deux états, en état de liquide et en état de fluide ou d'humidité, et divisée par le feu [1].

L'eau en état de fluide est les vapeurs ou les nuages qui s'épaississent, s'entassent, et quelquefois couvrent et obstruent les cieux. Ces nuages changent souvent de forme, suivant le souffle qui les agite;

[1] Plat. *Tim.* tom. III Opp. pag. 58, D et 59, A.—*Id.* ed. Bipont. tom. IX, pag. 363.

et malgré ces changements, ils sont toujours de l'eau, section de la substance que la Grèce honoroit comme une de ses principales divinités [1]. C'est toujours Neptune, de quelque part que les évaporations puissent sortir.

Des recueils d'antiquités offrent Diane, ou la Lune, dans trois situations, dans un char traîné par des taureaux [2]; dans un char traîné par des chevaux, dans un bige ou un quadrige où elle a attelé des cerfs, animaux avec lesquels elle se plaît à respirer pendant la nuit la fraîcheur des campagnes et des bois [3]. Le cerf est un symbole de Diane plutôt que de Neptune; mais il est indubitablement un des symboles de la matière humide, et c'est par cette-raison que je l'attribue à Neptune. Une preuve de ce dernier rapport est dans les médailles de Cilicie et d'autres sur lesquelles est gravé un lion qui dévore un cerf [4]. Le Lion, emblème du soleil d'été, est une image d'Hercule, soleil des douze mois. Le Soleil dévore les humidités, voilà le sens de ces médailles.

Si les artistes ont pu supposer que les émanations étaient nées de fleuves et de rivières, ils ont dû atte-

<hr>

(1) Athenag. *Legat. pro Christ.* ed. Oxon. cap. xix, pag. 88.

(2) Claudien, *de Rapt. Proserp.* lib. III, vers. 402, 403. — Auson. *Epistol.* v, vers. 1. — Nonnus, *Dionys.* lib. I, vers. 330, 331.

(3) Tassie, tom. II, pag. 692, n° 12, 973 et suiv. — Mionnet, tom. III. Médailles d'Éphèse.

(4) Mionnet, incertaines de Cilicie, tom. III, pag. 667, n° 670.

ler des taureaux aux chars; s'ils les ont crues sorties des campagnes et des bois, il était à propos de placer des cerfs aux quadriges. Ces origines sont au moins possibles, ce qui motive suffisamment la diversité des représentations. Quand on voudrait que les artistes eussent été guidés par un pur caprice, ce serait leur prêter une ignorance inadmissible, et rien de plus.

Dans cette espèce de contradiction, Phidias conçut une pensée qui fait voir au contraire combien était approfondie la connaissance qu'il avait de sa religion. Laissant de côté le taureau et le cerf, il adopta le signe général des humidités, je veux dire le flot ou le cheval qui en est l'image. Il représenta, sur les bas-reliefs du trône de Jupiter à Olympie, la Lune dans sa rondeur sur un cheval qui galopait [1], et il plaça cette composition aux pieds du maître des dieux, sur le *scabellum* même de son trône, pour montrer que Jupiter est le roi, le père de toute la nature, que l'Eau est comptée parmi les divinités réelles, et que c'est elle qui établit l'harmonie entre les autres éléments. On ne saurait se cacher plus adroitement, être plus intelligible, et cependant se mettre mieux à l'abri contre toute accusation de violation des mystères. Je le demande donc de nouveau, qu'est-ce que le Cheval dans ces

(1) Pausan. lib. V, cap. ix. — M. Quatremère de Quincy, *Jupiter Olymp.* d'après Pausan. pag. 302, pl. 15. — Voyez ci-dessus fig. n° 1.

bas-reliefs? De l'Eau en état de fluide ou de vapeurs, c'est-à-dire un nuage, car un nuage paraît seul porter la Lune. Par la représentation de cette divinité, Phidias pénétrait dans le culte direct et secret; par la figure du cheval, il rentrait dans le culte symbolique et populaire.

A l'appui du sens allégorique donné au cheval par les anciens, je rappellerai encore une composition répétée plusieurs fois. On y voit un serpent la tête élevée, se tenant par les replis de sa queue sur un cheval qui marche. Le cheval sur lequel il est monté est un emblème de l'Eau. La vie se soutient et se perpétue par la puissance de l'Eau; voilà le sens de cette allégorie.

Il y a plus de précision dans les nombreuses monnaies où l'on voit Hygie donnant de l'eau, dans une coupe, à un serpent qui se relève sur sa queue pour la boire. Hygie et le serpent sont allégoriques; l'Eau seule est au propre dans cette ingénieuse composition.

La lyre dont nous avons parlé appartient à Apollon, dieu soleil; à Hercule, dieu soleil; à Hermès ou Mercure, autre dieu soleil; mais si c'est l'Eau qui établit et maintient l'harmonie entre les éléments, si la Lyre elle-même est un symbole de cet accord, elle convient également à Neptune, et c'est avec raison que nous la lui donnons.

Les chevaux dont nous parlons sont ailés ou sans

ailes. Fils de Neptune et de Méduse, Pégase a des ailes. C'est en s'élevant dans les airs qu'il fit jaillir sous son pied les sources d'Hippocrène. Enfant de Neptune et de Cérès, Arion n'eut point d'ailes. Attributs rarement signifiants, les ailes peuvent quelquefois faire distinguer l'Eau en état de fluide d'avec l'Eau en état de liquide.

§ VI.

Personnages qui peuvent être admis dans le cortége de Neptune.

Je voudrais parler maintenant de divers personnages que leur nature humide rend aptes à figurer dans le cortége de Neptune.

Je nommerais d'abord Hippa, une des nymphes de Nyse, celle qui prit soin d'allaiter Bacchus, dieu soleil. Hippa, ou la Cavale, était le ciel nuageux. Personne ne pouvait mieux qu'elle allaiter le soleil d'hiver [1].

Je n'oublierais ni les Centaures, pluies d'orages qui entraînent les pierres et les arbres, et dont Chiron, le plus ancien, pluie égale et salutaire, enseigna l'art de jouer de la lyre à Apollon, à Hercule, à Esculape [2]; ni les Amazones, prises pour des

[1] Clavier, *Notes sur Apollodore*, tom. II, pag. 371. — Sévin, *Mémoire sur les Nourrices de Bacchus*, Acad. des Inscrip. tom. V, pag. 37 et suiv.

[2] J'ai composé postérieurement une dissertation sur les Centaures.

femmes qui avaient sacrifié une de leurs mamelles, déesses Nuits, toujours à cheval, desquelles Bacchus fit un si grand carnage en partant pour l'Inde, et qu'il joignit au contraire à son armée quand il en revint pour régner l'hiver sur nos climats [1].

Je parlerais de Géryon, chef des troupeaux célestes, je parlerais du chien Othrus, gardien de ces

(1) Les Amazones étaient, disait-on, filles de Mars et de la naïade Nais, nommée aussi *Harmonie*, nymphe du Thermodon. Pherecyd. *Fragment.* lib. II, § 6, pag. 92. Ed. Sturz, 1789, in-8°. — Apollon. Rhod. *Argon.* lib. II, vers. 373, seqq.—Quelques-unes portaient les mêmes noms que les Pléïades et les figures de ces divinités étaient représentées sur le péplos des Amazones. Elles faisaient la guerre sans cesse, et étaient toujours à cheval. Divisées en trois tribus, à l'instar des trois saisons. Apollon. Rhod. *Argon.* lib. II, v. 373, seqq.—Avaient un temple consacré à Diane Lycéa, c'est-à-dire, à la Lune éclairant le monde. Pausan. lib. II, cap. xxxi. — Un bas-relief du Musée britannique les représente combattant les griffons, animaux fabuleux formés de l'Aigle et du Lion, symboles de la plus forte vue. Collect. de Townley, n° 4. — C'est au travers des airs que Bellérophon, monté sur Pégase, fond sur elles et il en demeure vainqueur. Homer. *Il.* vi, 186. — Pindar. *Olymp.* xiii, v. 124, seqq.— Apollod. lib. II, c. iii, § 2. — Bacchus partant pour l'Inde en fait un grand carnage (Plutarch. *Quæst. gr.* lib. I, p. 303), et il les incorpore au contraire dans son armée, tant lorsqu'il va faire la guerre aux Bactriens, que lorsqu'il en revient, soit pour combattre le roi Lycurgue, soit pour régner l'hiver sur nos climats. Polyæn. *Stratag.* lib. I, cap. 1, pag. 12, 13, ed. in-8°.— Nonnus, *Dionys.* lib. XIX.—Winckelmann cite une monnaie de Samos, qu'il dit unique, représentant Bacchus qui combat une Amazone. Winckelm. *de Alleg.* tom. 1, pag. 108. — Vaillant, Num.; Mus. de Camps, pag. 114. — D'après ces données, je crois pouvoir conclure que les Amazones étaient les trois cent soixante-cinq nuits de l'année. J'ose penser que le savant Court de Gébelin, lorsqu'il dit que les Amazones étaient les nuits de l'Équi-

troupeaux, et d'Hercule, dieu soleil, qui leur ravit leurs prétendus bœufs; de Géryon à trois corps, épaisse fumée, noire, jaune et blanche, semblable à celle qui s'échappe d'un fer rouge quand il est subitement trempé dans l'eau.

Je parlerais des Géants qui entassent montagnes sur montagnes, et semblent vouloir escalader les cieux; des Muses, des Sirènes, de Scylla, de Charybde et de plusieurs autres; mais j'ai promis d'être court : tout m'avertit qu'il est temps de finir.

§ VII.

Durée du culte de Neptune et des jeux célébrés en son honneur. — Causes de cette durée.

Les jeux exécutés en l'honneur de Neptune nous apprendront peu de chose. Deux seulement entre les plus connus ont acquis une grande célébrité, ce sont les Isthmiques et les Neptunaliens de Rome. Suivant l'opinion la plus générale, les Isthmiques furent fondés par Thésée [1]; il voulut deux choses

noxe, n'a vu qu'une partie de la vérité. *Monde primit. Gen. alleg. des anciens,* tom. II, pag. 219. — Le curieux Bacchus de Samos, cité par Winckelmann et par Vaillant, aurait dissipé tous mes doutes s'il eût pu m'en rester. Accessoire important de la légende de Neptune, celle des Amazones n'en doit point être séparée. Les chevaux de Neptune sont de l'eau, ceux des Amazones les humidités de l'air; mais c'est toujours de l'eau, en état de liquide ou de fluide, là est la différence.

(1) Plutarq. *Vie de Thés.* ch. xxv, t. I, p. 53 Reisk.

dans cette institution, égaler Hercule le Thébain, son compagnon, qui avait renouvelé les jeux Olympiques, et de plus rendre hommage à Neptune, qui passait pour son père, à cause d'Æthra, devenue grosse, disait-on, au bord de la mer. L'origine de ces jeux fut comme celle des jeux Olympiques, environnée de fables. On les crut établis auparavant pour la mort de Mélicerte, jeune enfant précipité dans les flots par Ino, sa mère, qui s'y était jetée avec lui, et avait été rapportée sur les bords par un dauphin [1]. En mémoire de cette mort, les jeux avaient l'apparence du deuil, la couronne donnée au vainqueur était d'ache, fleur réputée funéraire.

Les Neptunalia, fondées par Romulus sous le nom de *Consualia* en l'honneur du dieu qui donne de bons conseils [2], furent bientôt consacrées à Neptune, et prirent à son occasion le nom de Neptunalia [3].

Ce qu'il y a de plus remarquable dans ces jeux, c'est leur durée, car une inscription qui se voit à

[1] On crut aussi que les jeux avaient été fondés par Sisyphe en l'honneur de Mélicerte. On voyait près de l'endroit où ils se célébraient, un temple en l'honneur de Neptune, et plusieurs statues en bronze de ce dieu. — Pausan. lib. II, cap. 1 et 11. — Corsini, *Dissertat.* 1v, Isthmia, pag. 81, 82, seqq.

[2] Plutarch. *Vie de Romul.* ch. xv, t. I, p. 108 Reisk.

[3] Romulus ludos ex industria parat Neptuno equestri solemnes: *Consualia* vocat. Tit. Liv. lib I, cap. 1x.—Neptunalia a Neptuno. Varro, *de Ling. lat.* lib. V, ed. Schlegel. pag. 56.—Tertul. *de Spectac.* cap. v.

Rome, dans le palais Chigi, prouve complétement que les jeux isthmiques se célébraient sous les empereurs Valentinien et Valens[1], par conséquent vers les années 375 de J. C. environ; et Pierre Faber, dans son *Agonisticon*, fait voir que les Neptunalia se célébrèrent encore, soit à Rome, soit à Constantinople, et dans ce temps et même après, jusqu'à Justinien [2]. Ces époques tardives, au surplus, n'étonneront personne si l'on considère qu'adorer Neptune c'était honorer l'Eau, que les polythéistes instruits le savaient bien, et qu'il s'agissait dans la réalité du transport des grains et de la subsistance de Rome.

En effet, dès le règne d'Alexandre le Conquérant, l'antique Égypte avait senti s'affaiblir et s'éteindre son ancienne aversion contre le commerce extérieur. Rome, sous les empereurs, avait reconnu, de son côté, qu'elle devait, non-seulement pour sa sûreté, mais pour son existence, favoriser le culte de Neptune. Les monnaies romaines sur lesquelles ce culte est rappelé sont innombrables. Jamais une seule ville n'a été illustrée par tant de médailles que le fut, sous les empereurs romains, Alexandrie d'Égypte, devenue le dépôt du commerce des blés. Jamais on n'a vu tant de monnaies représentant une branche d'olivier, une corne d'abondance, l'espérance, un

<hr>

(1) Corsini, *Dissert.* iv, pag. 99, 100.

(2) P. Faber. *Agonist.* lib. III, cap. xxix. Ap. Græv. tom. VII, pag. 2241, 2242.

dauphin, une ancre, un trident, un phare, Isis Pharia avec une voile déployée, des tritons, des hippocampes, Mercure debout avec son caducée, et Neptune lui-même; jamais on ne grava si souvent un serpent debout sur un cheval courant, monnaie qui seule expliquerait le sens du serpent, s'il n'était pas connu. Le temps ne changea rien à ces symboles; les siècles suivants conservèrent toujours les mêmes signes, ou d'autres également expressifs, la paix, l'épi, la double corne d'abondance, Mercure debout avec son caducée, ou Neptune tenant son trident. Le règne seul de Claude le Gothique montre trois fois Neptune dans le commerce d'Alexandrie; d'abord debout, le pied droit sur un dauphin, un épi dans la main droite, son trident dans la gauche [1]; une seconde fois, dans une position parfaitement semblable à celle-là; une troisième fois, le pied droit sur un rocher, une palme dans la main droite et la gauche sur son trident [2]. Le temple de Neptune, à Ostie, était encore debout [3] au temps de Valentinien; il échappa même aux renversements ordonnés par Théodose. Ce qui peut le faire croire, c'est qu'en 395, année de la mort de ce prince, il permit le rétablissement de l'autel

(1) Mionnet, tom. VI, pag. 469, n° 3420.
(2) *Ibid.* pag. 470, n° 3428 et 3429.
(3) M. Beugnot, *Histoire de la destruct. du Paganisme,* tom. I, pag. 368.

de la Victoire, et ordonna que l'apport du blé à Rome fût plus considérable qu'il ne l'avait été auparavant [1].

Les mystères d'Éleusis se célébraient en 396, lorsqu'Alaric assiégeait Athènes [2]. La raison d'état l'emporta sur les considérations religieuses.

Le commerce s'agrandissait chaque jour; les relations de pays à pays s'étendaient et se fortifiaient autant que le permettaient les temps. Dès le siècle de Justinien, l'amour passionné des Romains pour les marchandises de l'Inde favorisait ce genre d'importation; elle avait lieu par caravanes, et enrichissait tous les pays qui servaient d'entrepôts. Ce commerce se faisait aussi directement, et par mer, dans les ports méridionaux de l'Égypte. La boussole ne tarda pas à être inventée ou connue. Les croisades mêmes développèrent l'activité du génie moderne. La raison universelle enfin jugea que les rapports commerciaux des peuples étaient la source de la richesse publique.

§ VIII.

Récapitulation et conclusion.

Plusieurs conséquences suivent de tout ce qui a précédé.

Il s'ensuit, premièrement, que Neptune n'est

(1) Tillemont, tom. V, pag. 371.
(2) *Id. Ibid.* pag. 433.

point le dieu de l'eau, le génie de l'eau, la puissance de l'eau, mais l'Eau elle-même dans sa généralité, *aquæ mundi.*

Il s'ensuit, en second lieu, que Neptune ne représente point la mer renfermée dans ses bornes, mais l'Eau en général. Le nom de *Poseidón*, celui qui donne la boisson, les surnoms de *Généthlias*, de *Génésius*, de *Pater*, qui favorise la génération, et les lieux où étaient situés les temples de cette divinité, ainsi surnommée, favorisent une opinion si conforme à la nature des choses. Neptune ne représente pas seulement les mers, il représente encore toutes les eaux qui enveloppent, qui parcourent le monde; les fleuves, les sources, les fontaines, toutes les eaux qui servent à la génération, Généthlia, Génésia, *aquæ mundi.* L'Eau est le dieu réel, Neptune le dieu fictif ou symbolique, *mare veritas est, Neptunus autem mendacium.*

On a vu en troisième lieu que les flots, ou les chevaux, en style mythologique, sont une même chose; de là le nom d'*Hippios* donné à Neptune. Ce dieu est le modérateur des chevaux, parce qu'il est le maître, l'arbitre, le roi des flots, des vagues; ou des eaux en mouvement; de là encore les noms de tant de femmes de sa cour qui ne sont autres que les vagues ou les ondes, et dont les noms sont tirés de *hippos*, cheval, c'est-à-dire eau, vague, onde, eaux en mouvement.

Quatrièmement, enfin, l'Eau peut être considérée
en deux états, savoir, en état de liquide et en état
de fluide. Tous les êtres formés d'eau en état de
fluide, c'est-à-dire nés de Néphélè, la vapeur, sont
enfants ou petits-fils de Neptune, parce qu'ils ne
sont, dans la réalité, que de l'eau. De ce nombre
sont les Géants, les Centaures, Géryon et ses nom-
breux troupeaux, les chars des divinités, attelés de
divers animaux, suivant la figure qu'il plaisait aux
artistes de donner aux vapeurs aériennes, qui n'é-
taient que des nuages.

L'Eau ne fut pas divinisée seulement sous le nom
de Neptune, elle fut encore représentée par Rhée,
Thétis, Protée, Nérée, les Néréides, Amphitrite,
Callirrhoé, Hippo, et parmi les êtres inanimés,
comme aussi parmi les animaux, par le vase avec
sa panse en forme d'œuf, par le cygne, le dauphin,
le bœuf, le cheval, le cerf, et d'autres encore.

§ IX.

Applications et conclusion générale.

On sent maintenant combien il serait facile de
répondre à plusieurs questions relatives à Neptune.
On pourrait demander, par exemple, pourquoi Homère dit que les chevaux de ce dieu ont des pieds
retentissants? Je pourrais répondre : C'est que les
flots font un grand bruit en se déroulant sur la
grève.

On pourrait demander pourquoi les chevaux de Neptune ont des pieds d'airain? Je répondrais, parce qu'ils se déroulent et courent sur la grève. C'est par la même raison qu'ils ont des pieds retentissants et que leurs pieds sont d'airain.

Pourquoi Orphée appelle la Lune *Philippe* [1]? La Lune aime les chevaux, et suivant l'expression d'Orphée, elle est Philippe parce qu'elle aime les humidités. Elle aime les chevaux ainsi qu'elle aime les taureaux et les cerfs, c'est-à-dire qu'elle aime l'eau en état de fluide ou de vapeurs.

Pourquoi Castor et Pollux sont-ils fils d'un cygne, et quoique toujours sur la mer, sont-ils toujours à cheval? Dieux diurnes et dieux nocturnes, Castor et Pollux ont été chargés par Jupiter de parcourir les mers sans cesse, d'y rassembler les âmes des naufragés, de les conduire la nuit chez Pluton, et de les en ramener après de longues épreuves et de justes jugements. Les chevaux sont les flots qui descendent avec eux aux enfers et qui en remontent avec eux.

Pourquoi rencontre-t-on si souvent sur les bas-reliefs grecs un cheval dans la chambre même d'un mourant ou d'un mort; ou le cheval assistant, à côté du médecin qui l'a sauvé, à de légitimes réjouissances, ou bien au repas funèbre? Je répondrai que les enfers sont situés sous la terre; qu'on

(1) Orph. *Hymn.* ix (viii), 5.

ne peut par conséquent y pénétrer que par eau, et que le cheval est le flot qui doit y porter l'âme du mort et la rendre à la lumière.

La lyre seule pourrait fournir le sujet de différentes questions. On demanderait, par exemple, pourquoi on voit quelquefois un crocodile sur la traverse qui lie les cordes? Je répondrais, parce que la Lyre est un des symboles de l'humidité. On a mis un crocodile sur la traverse comme on a formé les montants avec des cornes de taureau, avec des cornes de cerf, avec deux dauphins, ou comme on a fait la panse avec une peau de bœuf.

Mais je dois m'arrêter quant à présent : je donnerai peut-être des éclaircissements plus étendus que je ne puis le faire en ce moment.

Le lecteur voit combien il serait facile non-seulement de répondre aux questions qui pourraient être proposées sur Neptune, mais encore toutes les conséquences que l'on tirerait de ce que j'ai dit à l'occasion de ce dieu, en faveur de mon opinion générale sur la mythologie.

Les Grecs croyaient donc à des enfers; ils croyaient en outre qu'il fallait traverser les mers pour y arriver. Les fleuves, les rivières, les fontaines, la mer, l'eau, étaient le dieu réel, et Neptune le dieu symbolique.

Ils croyaient que ce dieu prenait la forme d'un cheval quand on ne pouvait ou qu'on ne voulait pas lui donner celle d'un flot. Dans ces voyages de l'âme aux enfers, il ne s'agit donc pas d'une croyance passagère, particulière à certains pays, mais d'une croyance universelle, stable, d'un dogme sur lequel reposait la société.

La Grèce avait donc des dogmes; elle avait, en un mot, une religion, et cette religion se lisait dans les monuments de l'art et dans les fables.

Mon travail sur Neptune prouvera encore une fois, en ce qui concerne les substances élémentaires, que ces substances étaient, avec les astres, les dieux réels, les dieux principaux de la nation grecque.

Neptune était l'Eau, les Néréides sont de l'eau, les Tritons sont de l'eau, les chevaux fictifs sont de l'eau, tous les êtres enfin que j'ai nommés sont de l'eau, ou en état de liquide, ou en état de fluide; mais l'Eau est vivante, animée, divine; l'Eau est une des divinités réelles de la nation grecque; elle a, comme le dieu qui la représente, des autels; elle a un culte direct, tandis que Neptune n'a qu'un culte symbolique.

Les Grecs adoraient l'Eau, le Feu, l'Air, la Terre, les Astres; ils adoraient en outre l'Æther, substance incréée, par conséquent immortelle, représentée par Jupiter, qui, lui-même, avait créé les substances élémentaires et les astres.

FIN.